îlot
Terre d'expression

Tome 1 Le secret de la ville

Carrion

· Scénario Daniele MOCCI ·
· Dessins Alessia BUFFOLO ·
· Couleurs Andrea CAGOL ·
Yellowhale

CLAIR DE LUNE

Carognoso è nato da un'idea di Alessia Buffolo.
Carrion est né de l'imagination d'Alessia Buffolo

Alla mia mamma
À ma maman
Alessia

A mio padre e a mia madre
À mon père et à ma mère
Daniele

Grazie a Simone Bazzanella per il contributo iniziale al progetto.
Merci à Simone Bazzanella pour sa contribution au projet initial.

Dans la même série :
CARRION 1

À paraître :
CARRION 2 (fin)

Label Reflexnature / Papier FSC

www.editionsclairdelune.com
Stylique & Lettrage : Pierre LEONI · Traduction : «Roma Paris Londres»
Première Édition
Dépôt légal : septembre 2010 · ISBN : 978-2-35325-261-9
Imprimé en France par Delta Color / Reliure SIRC

SANS DOUTE PARCE QU'IL N'Y A PAS D'AUTRE VILLE SUR LA PLANÈTE NABIROO...
ET QUE QUAND UNE CHOSE EST UNIQUE, IL EST IMPOSSIBLE DE LA CONFONDRE AVEC UNE AUTRE...
À MOINS QU'IL Y AIT UNE AUTRE RAISON... OU QU'IL N'Y AIT AUCUNE RAISON !
LE FAIT EST QUE CET ENDROIT N'A PAS DE NOM. ON L'APPELLE SIMPLEMENT...
LA VILLE !
TOK
TOK
TOK
QUE J'AI ÉTÉ BÊTE D'AVOIR PRÊTÉ MES CHEWING-GUM À CET IDIOT DE SGUISCIO !
JE N'AI MÊME PLUS UNE GOUTTE DE COCAKECOLA ET...
EEEEEEEEEEEE
?!
EEEEEEE

EEE EEEE
LA SIRÈNE !
EEEEEEEEEEE
DANS PEU DE TEMPS LES PAYSANS S'ENGOUFFRERONT DANS LES BUS POUR RENTRER EN VILLE...
JE DOIS MONTER SUR UNE DE CES MONTURES AVANT QU'ILS NE ME RENVERSENT !
OUF ! AUJOURD'HUI ENCORE, LE TRAVAIL EST ACCOMPLI. J'AI HÂTE DE PROFITER DE MON TEMPS LIBRE !
ET MOI T'IMAGINES MÊME PAS ! CET APRÈS-MIDI, J'AURAI MON NOUVEAU CHARIOT.
LE TRIPLE DU VIEUX ! IMAGINE LA QUANTITÉ D'ORDURES QUE JE POURRAI CHARGER !
MALÉDICTION, ROLFO... TU NE CESSES DE CONSTRUIRE DES CHARIOTS DE PLUS EN PLUS GRANDS. TU FINIRAS PAR NE PLUS RÉUSSIR À LES TRAÎNER.
J'AI UNE FEMME ET SEPT ENFANTS, BRELTO... JE DOIS RAMASSER BEAUCOUP D'ORDURES POUR AVOIR DU COCAKECOLA POUR TOUS !
À CE PROPOS...
QUELQU'UN VEUT UN PEU DE NECTAR ?
COCAKECOLA ? T'ES UN AMI, SPULCIO !
GLO GLO GLO
BRELTO, SPULCIO !... VENEZ VOIR QUI EST SUR LE BUS !
?

CARRION ?
TIENS... VOILÀ LES INFATIGABLES PAYSANS DES SERRES D'AGER...
QUE DIABLE FAIS-TU ICI, TRAÎTRE PIQUE-ASSIETTE ?
TU SAIS CE QUE C'EST... MA CANTINE ÉTAIT VIDE ET J'AVAIS BESOIN D'UN PEU DE NOURRITURE !
ÉCOUTEZ-LE ! ON SE CASSE LE DOS POUR ASSURER À MANGER À TOUTE LA VILLE, ET LUI, IL VIENT DIRECTEMENT À AGER POUR LA VOLER !
MOI LA NOURRITURE, JE LA PRENDS QUAND ELLE EST FRAÎCHE ! JE NE FAIS PAS LA QUEUE AUX ÉTALS ALIMENTAIRES POUR LA MANGER À MOITIÉ POURRIE COMME VOUS !
MAUDITE ORDURE, JE...
SWISSHHH
TOUT LE MONDE À SA PLACE ! ON PAAART !
CALME-TOI, SPULCIO !... PRENDS-TOI UNE GORGÉE DE COCAKECOLA, ÇA VAUDRA MIEUX.
EN AVANT MON BEAU, ATTRAPE LA MOUCHE !
SQUERK

UNE VILLE DEVRAIT APPARAÎTRE COMME UN GRAND ÊTRE VIVANT FORMÉ DE DIVERS ORGANES, TOUS AVEC UNE FONCTION PRÉCISE...
CETTE VILLE, EN REVANCHE, EST LE CADAVRE PUTRIDE D'UN ANIMAL QUI NE POURRA JAMAIS NAÎTRE...
QUARTIER DE GUMAAAA ! QUELQU'UN DESCEND À GUMMA ?
TOSSIKOOO ! EN AVANT, SCAVATRICE TOSSIKO, ÔTE-TOI DE LÀ !

ELLE EST FAITE D'ORGANES DÉNUÉS DE SENS ET MIS ENSEMBLE ON NE SAIT COMMENT ET ON NE SAIT POURQUOI...
UN ENDROIT COMME CELUI-CI NE DEVRAIT PAS EXISTER...
VITRO, ARRÊT DE VITROOOO ! ALLEZ, TÊTES DE LINOTTES, DE L'AIIIR !
LES HABITANTS DE LATTINA PEUVENT DÉGAGER ! LATINAAA !
MAIS PERSONNE NE LE LUI A JAMAIS DIT...
FROZEEEN ! ALLEZ, LES GENS DE FROZEN... SORTEZ DE MON BUS !
DERNIER ARRÊEEET ! BIDONAZZO ! IL Y A ENCORE QUELQU'UN QUI DOIT DESCEN...
?
FLUP
C'EST PEUT-ÊTRE POUR ÇA QU'IL EXISTE !

T'AS FINI DE CRIER, IMBÉCILE ! J'AI MÊME PAS PU FERMER L'ŒIL UNE SECONDE !
MMMH !
MMMH MMH MMMH... MMMH !
TAIS-TOI ! ON NE PARLE PAS LA BOUCHE PLEINE !
T'ES UN MONSTRE, CARRION !
S'IL LE DIT AUX GARDES DE SMARRO, CE COUP-CI, ILS TE JETTENT AUX CACHOTS !
AU DIABLE SMARRO ET SES LARBINS ! ALLEZ AU DIABLE VOUS AUSSI !
NE MANQUE PAS DE RESPECT AU SEIGNEUR DE LA VILLE...
ET ESSAYE DE NE PAS FAIRE DÉFAUT AU TEMPS LIBRE, CET APRÈS-MIDI !
COMME ÇA ON VERRA COMBIEN DE COCAKE-COLA TU ARRIVERAS À GAGNER !
EH ! EH ! EH ! MAXIMUM DEUX GOUTES POUR SE TREMPER LES LÈVRES !
MÊME PAS... JE PARIE QU'ILS LA LUI FERONT À PEINE RENIFLER ! HI ! HI ! HI !
RETOURNE DONC À TA POUBELLE LOIN DES AUTRES !
TU ES LA HONTE DU QUARTIER DE BIDONAZZO !

C'EST PRESQUE L'HEURE DU TEMPS LIBRE...
TREPPIEDE...
BUCO...
MILLEMOSCHE...
ALLEZ AU CRATÈRE ET CONTRÔLEZ LE RAMASSAGE DES ORDURES !
J'AI ENCORE BESOIN DE NOMBREUX CÂBLES EN CUIVRE, DE FEUILLES D'ACIER, VIS ET BOULONS...
FAITES EN SORTE QUE CES FUMIERS EN RAMASSENT EN GRANDE QUANTITÉ !
QUE PENSES-TU D'UN PRIX, SMARRO ?...
UNE DAME-JEANNE DE COCAKECOLA POUR CELUI QUI EN RAMASSERA LE PLUS !
J'EN DIS QUE TU ME COMPRENDS PARFAITEMENT, MILLEMOSCHE !

CHOMP CHOMP
CHOMP CHOMP
BURP !... C'EST MAINTENANT QU'IL ME FAUDRAIT UN DE MES CHEWING-GUM...
AVANT D'ALLER AU CRATÈRE JE PASSERAI CHEZ CET IDIOT DE SGUISCIO POUR QU'IL ME LES RENDE...
ET JE JURE QUE C'EST LA DERNIÈRE FOIS QUE JE LUI EN PRÊTE !
?
MAIS QU'EST-CE QUI SE PASSE ?

HEY ! OÙ ALLEZ-VOUS ? ET OÙ SONT VOS CHARIOTS POUR LE RAMASSAGE DES ORDURES ?
ON PEUT SAVOIR DANS QUEL MONDE TU VIS, ESPÈCE D'IGNORANT ?
BRELTO ? MAIS...
SUPER ASPEX
RÉVEILLE-TOI, CARRION ! VOSSIA, LE CHEF DU QUARTIER, A CONVOQUÉ UNE ASSEMBLÉE EXTRAORDINAIRE...
TOUS LES HABITANTS DE BIDONAZZO DOIVENT Y PARTICIPER !
LAISSE TOMBER CE PANIER RIDICULE ET SUIS-NOUS !
JE M'EN FICHE TOTALEMENT DE L'ASSEMBLÉE DE VOSSIA ! J'AI D'AUTRES CHATS À FOUETTER !
?
SUPER ASPEX
BRAVO ! CONTINUE À EN FAIRE À TA TÊTE ET UN JOUR OU L'AUTRE TU SERAS EXPULSÉ DE BIDONAZZO ET DE TOUTE LA VILLE !
BANDE DE MOUTONS...

TOUJOURS PRÊTS À SUIVRE EN MASSE LES ORDRES DU PREMIER IMBÉCILE QUI COMMANDE !
HEY, CARRION !
?
KRALLO ! TU N'AURAIS PAS VU SGUISCIO PAR HASARD ?
OUI, IL ÉTAIT EN TRAIN DE SE RENDRE AU CRATÈRE ! JE LUI AI PARLÉ DE L'ASSEMBLÉE MAIS IL...
IL A DIT QUE ÇA NE L'INTÉRESSAIT PAS !
C'EST DONC QU'IL N'EST PAS AUSSI STUPIDE QU'IL N'Y PARAÎT !
TU VEUX DIRE QUE TOI NON PLUS TU NE VIENDR...
ÇA SUFFIT, KRALLO !
VOUS M'ÉPUISEZ AVEC CETTE ASSEMBLÉE !
JE M'EN VAIS AU CRATÈRE !
?!

CITOYENS !...
HEY !
STUMP
AUJOURD'HUI...
SELON LA VOLONTÉ DU GRAND SMARRO...
... CEUX QUI RAMASSERONT LA PLUS GRANDE QUANTITÉ DE VIS... BOULONS... CÂBLES DE CUIVRE ET FEUILLES D'ACIER...
FAIS GAFFE !
STUMP
... SERONT RÉCOMPENSÉS PAR UNE DAME-JEANNE SUPPLÉMENTAIRE DE COCAKECOLA !
?
!
?!
??
!!
?
!
SGRUNT !
?!
??
!!
?
RRRRRRRRRRR
DÉPÊCHEZ-VOUS !
DÉGAGEZ !
?
COURONS !
RRRRRRRUUUMBLEEE
AÏE !
MAUDITS SINGES APPRIVOISÉS !
JE VOUS LE FERAI PAYER !
ON SE REVOIT BIENTÔT...

"AU CRATÈRE !"
C'EST LA MIENNE !... JE L'AI VUE EN PREMIER !
CE N'EST PAS VRAI !
?
JE LE SAVAIS DEPUIS DES JOURS QUE J'ALLAIS TROUVER ICI UNE PLAQUE D'ACIER !
MAIS REGARDEZ-VOUS !...
VOUS ME DÉGOÛTEZ !
?
?
QUE DIABLE VEUX-TU, CLOPORTE ?
C'EST ÇA VOTRE FAÇON DE PASSER VOTRE TEMPS LIBRE ?...
FÉLICITATIONS !

TU NOUS FAIS LA MORALE, CARRION ?
TU ES TOI AUSSI ICI POUR RAMASSER DES ORDURES OU JE ME TROMPE ?
CLANG
T'ES SIMPLEMENT JALOUX !
OUAIP... D'AILLEURS... TU N'ES PAS CAPABLE DE TE CONSTRUIRE UN CHARIOT ET TU DOIS TE CONTENTER DE CE MISÉRABLE PANIER...
MAIS DIS-MOI... COMBIEN DE COCAKECOLA TU ARRIVES À TE PROCURER EN REMPLISSANT TON TRUC ?
UNE PETITE BOUTEILLE COMME CELLE-CI ME SUFFIT PAR JOUR...
JE NE SUIS PAS ESCLAVE DE CETTE COCHONNERIE COMME VOUS !
OOH... TU SERAIS DONC UNE ÂME PURE !...
UN PUR !...
UN SAINT !
ET ALORS POURQUOI TU NE T'ARRÊTES PAS TOTALEMENT D'EN BOIRE, SALE POUX HYPOCRITE ?
PARCE QUE ÇA ME PERMET DE RETENIR MES MAINS À CHAQUE FOIS QUE JE VEUX VOUS CASSER LE GROIN !
BAH, CE QUE TU NOUS DIS NOUS RASSURE... HEIN, LES GARS ?
S'IL N'AVAIT PAS SA MINI DOSE DE COCAKECOLA QUOTIDIENNE, CARRION NOUS AURAIT DÉJÀ FRAPPÉS !
AH AH AH AH
AH AH AH AH AH AH

OUI, SAUF QUE MAINTENANT, IL Y A UN IMPRÉVU...
C'EST-À-DIRE ?
L'EFFET DE MA DOSE D'HIER EST TERMINÉ !
?
SOCK
ÇA, TU N'AURAIS PAS DÛ...
MAINTENANT, LES GARS !
THUD
STOCK
SBAM

C'EST LUI ?
ET ÇA, C'EST LA PETITE BOUTEILLE QU'IL M'A FAIT AVALER !
SOCK
THUD
CRAC
BONK
BIEN... MAINTENANT, C'EST NOUS QUI NOUS EN CHARGEONS !
BONK
SBAM
CRASH
ALORS, VOUS EN AVEZ ENCORE POUR LONGTEMPS ?
?
!
?!
?
ÉCARTEZ-VOUS ET FICHEZ-MOI LE CAMP !
PAS TOI, CARRION !...
TOI, TU VIENS AVEC NOUS !

HÉ ! HÉ ! HÉ ! FINALEMENT, TU L'AURAS FAIT TON SALE CASSE-PIED !
MMMH...
TU N'AS PAS ENTENDU LE MONSIEUR, BOUGRE D'ANDOUILLE ?
?
IL T'A DIT DE DÉBARRASSER LE PLANCHER !
QUE DIABLE...?!
SBAM
MAUDIT REBELLE... CELLE-CI, TU VAS LA PAYER CHER !
BUCO, TREPPIEDE... EN AVANT, ATTRAPONS-LE !
ATTRAPE TON GRAND-PÈRE, SI TU Y ARRIVES !

MALÉDICTION !... JE N'AI PAS PU TROUVER SGUSCIO POUR QU'IL ME RENDE LES CHEWING-GUM...
MAIS AVANT DE DISPARAÎTRE DE CET ENDROIT ÉCŒURANT...
IL Y A QUELQUE CHOSE QUE JE DOIS PRENDRE...
?
ZAFF
HEY !
AU VOLEUR !
IL A PRIS LE COCAKECOLA SANS LIVRER UNE SEULE ORDURE !
MAUDITE CANAILLE !
COUREZ ! ON LA LUI FERA PAYER, CELLE-LÀ AUSSI !

HABITANTS DE BIDONAZZO !...
DANS PEU DE TEMPS, VOUS CONNAÎTREZ LE MOTIF DE CETTE ASSEMBLÉE EXTRAORDINAIRE QUI CONCERNE NOTRE QUARTIER...
JE DONNE TOUT DE SUITE LA PAROLE À NOTRE PREMIER CONCITOYEN...
LE CHEF DU QUARTIER... VOSSIA !
BRAVO !
BRAVO !
SUPER !
À POIL !
MERCI, C'EST TROP GENTIL !...
ET MERCI À TOI AUSSI, MON FIDÈLE SRAPPA...
TU PEUX CEPENDANT DESCENDRE MAINTENANT DE L'ESTRADE... JE NE VOUDRAIS PAS CONNAÎTRE UNE SUBITE BAISSE DE POPULARITÉ PAR TA FAUTE !
...
CHERS CONCITOYENS... JE VOUS AI CONVOQUÉS POUR VOUS RÉVÉLER UNE DÉCOUVERTE EXCEPTIONNELLE QUE J'AI FAITE...
UNE DÉCOUVERTE QUI FERA DE BIDONAZZO LE PREMIER QUARTIER DE LA VILLE !

VOUS SAVEZ TOUS QUE LE SEIGNEUR ABSOLU DE NOTRE VILLE EST SMARRO !
ET VOUS CONNAISSEZ AUSSI LA RAISON POUR LAQUELLE SMARRO EST SI PUISSANT...
LUI SEUL EST EN MESURE DE PRODUIRE LA BOISSON DONT PERSONNE NE PEUT SE PASSER...
UNE BOISSON SAVOUREUSE... QUI NOUS DÉSALTÈRE, QUI NOUS RAFRAÎCHIT ET, SURTOUT, QUI NOUS REND SEREINS ET CALMES...
GLO GLO GLO
OUI, OUI... CALMES...
LE COCAKECOLA !
SMARRO LA PRODUIT AVEC DEUX INGRÉDIENTS SEULEMENT...
CES GROSSES PASTILLES AVARIÉES QU'ON TROUVE EN GRANDE QUANTITÉ AU MILIEU DES DÉCHETS DU CRATÈRE...
SGLASSO
SGLASSO
ET L'EAU RICHE EN SOUFRE QUI EN REVANCHE NE SE TROUVE QUE DANS UN LIEU DE SA PROPRIÉTÉ...

LES PETITS LACS DU QUARTIER DE TOSSIKO, JUSTE EN DESSOUS DE SON PALAIS !
ET ALORS ? QUELLE EST LA NOUVELLE, VOSSIA ?
TU NE NOUS A RIEN DIS DE NOUVEAU ENCORE !
VOILÀ, MES IMPATIENTS AMIS...
J'AI DÉCOUVERT QUE CE LAC EST ALIMENTÉ PAR UN FLEUVE SOUTERRAIN D'EAU SULFATÉE QUI NAÎT DANS LES MONTAGNES...
MAIS AVANT D'ARRIVER À TOSSIKO, LE FLEUVE COULE DANS LES SOUS-SOLS DE BIDONAZZO. AUTREMENT DIT...
... SOUS NOS PIEDS !
SBAM
ET DONC ?
ET DONC ON CREUSERA UN PUITS ICI, À BIDONAZZO... ON ATTEINDRA L'EAU SULFATÉE, ON FERA FONDRE DEDANS QUELQUES PASTILLES ET...
ON PRODUIRA NOTRE COCAKECOLA SANS AVOIR À RAMASSER DES DÉCHETS POUR SMARRO !
OUIIIIII !
BRAVO !
BRAVO !
SUPER !
À POIL !
MMMHH...

MALÉDICTION... IL A DISPARU !
JE L'AI POURTANT VU TOURNER DANS CETTE RUELLE... IL NE PEUT PAS ÊTRE BIEN LOIN !
CRAK
SILENCE ! J'AI ENTENDU UN BRUIT... ÇA DOIT ÊTRE LUI !
SWISSSH
NE BOUGE PLUS !... ON T'A CHOPÉ !
RE... RESTE CALME, BUCO... CE... C'EST MOI...
SRAPPA ?
QUE DIABLE FAIS-TU ICI ?
EHM... ENTRONS DANS CETTE RUELLE... PERSONNE NE DOIT ME VOIR AVEC VOUS TROIS !

VOUS DEVEZ TOUT DE SUITE AVERTIR SMARRO !... BIDONAZZO EST EN TRAIN DE FOMENTER !
CET IMMENSE IDIOT DE VOSSIA A DÉCOUVERT LE MOYEN DE PRODUIRE LUI-MÊME LA COCAKECOLA ET IL VEUT COMMENCER TOUT DE SUITE !
VOYEZ-VOUS ÇA !... SRAPPA LE «FIDÈLE» CONSEILLER DE VOSSIA EST EN RÉALITÉ UN ESPION DE SMARRO !
IL VA CREUSER UN PUITS POUR ATTEINDRE L'EAU SULFATÉE DU FLEUVE SOUTERRAIN...
ET COMMENT ESPÈRE-T-IL Y ARRIVER AVANT QUE LES GARDES DE SMARRO NE L'ARRÊTENT ?
IL A PENSÉ À UNE DIVERSION POUR VOUS TENIR OCCUPÉS !
C'EST-À-DIRE ?
IL FERA ROULER UNE POUBELLE DU PROMONTOIRE JUSQU'AU PALAIS DE SMARRO POUR CRÉER UN PEU DE CONFUSION ET DÉTOURNER L'ATTENTION DE BIDONAZZO !
TU AS FAIT DE L'EXCELLENT TRAVAIL SRAPPA ! ON COURT AVERTIR SMARRO. CONTINUE À GARDER LES YEUX OUVERTS !
ET CARRION ?
ON LE PRENDRA QUAND CETTE AFFAIRE SERA RÉGLÉE !

MMMH... UNE POUBELLE ?... TU VAS VOIR QUE CE PORC DE VOSSIA...
CIOCCO
MAIS BIEN SÛR, DAMNATION !
IL CHOISIRA LA POUBELLE LA PLUS PROCHE DU PROMONTOIRE DE BIDONAZZO, C'EST-À-DIRE...
... LA MIENNE !
POUSSEZ PLUS FORT, LAVETTES !
GNEEK
ÇA BOUGE !...
ALLEZ... ON Y EST PRESQUE...
TOC
TOC
TOC
ARRÊTEZ-VOUS, MAUDITS !
C'EST MA MAISON !

?
GNEEEEEEEEKRRRRRRR
TROIS...
!
DEUX...
UN...
RRRRRRRRRRRRRRRRRRRRRRR
MAINTENANT !
?!?
TUMP
OOOOOOOOOOOOOOOOOOMM

DÉGAGEZ !
HEY !
?!
AU SEC...!
?
BRROOOOOOOOOOOOOOOO
MAIS C'EST...
?!
SGUISCIO !
OOOOOOOOOOOOOOOOOOOOOO
POUSSE-TOI DE LÀ !
ET RAPPELLE-TOI QUE...
TU DOIS ME RENDRE MES CHEWING-GUM !
OOOOOOOOOOOOOOOOOOOMM

ON Y EST...
BRROOOOOOOOOOOOOOOOOO
VOILÀ LE PALAIS DE SMARRO !
OOOOOOOOOOOOOOOOOOOOOOO
SOUP
OOOOOOOOOOOOOOOOOOOOOOO
JE LE SENS MAL !
AAAAAAHH !
SBAMM

AAAAAAAA
?
SOUP
STUMP
STU-DUM
TU-DUM
TU-DUM
?!
?!
EHM...
PRENEZ-LE !
MM... MOI, VRAIMENT...?!

MAIS QU'EST-CE QUE JE FAIS LÀ ?...
TRACK
AÏE !
FIL DE FER DE MALHEUR !... ON EST ATTACHÉS !
EH ! EH ! EH ! LE PETIT POUSSIN N'IRA NULLE PART, CETTE FOIS-CI !
C'EST TOI QUI LE DIS, ÉPOUVANTAIL !
VIENS AVEC MOI, JEUNE FILLE !...
JE VAIS T'EMPRUNTER DEUX MINUTES !
?!
AU REVOIR, BOUFFONS !
LAISSE-MOI !
?
ATTRAPONS-LE ! ON NE PEUT PAS LE LAISSER FUIR AINSI AVEC LA FILLE DE SMARRO !
FAIS-MOI DESCENDRE !
BONK
AÏE !

MALHEUREUX ! TERRORISTE ! KIDNAPPEUR D'ENFANTS !
BONK
BOUGE PAS MAUDITE HARPIE ! JE NE VEUX PAS TE FAIRE DE MAL !
AAAAH... C'EST CE QU'ILS DISENT TOUS ! JE ME LIBÉRERAI, TU VERRAS ET...
VEUX-TU TE TAIRE ?
J'EN PEUX PLUS DE COURIR ! IL EST EN-CORE EN TRAIN DE NOUS SEMER !
IL N'IRA PAS LOIN AVEC LA FILLE DANS LES BRAS !
FAIS-MOI DESCENDRE !
NON !
IL SE DIRIGE VERS LA MONTAGNE DES TÔLES !
À L'AIIIIDE !!!
PARFAIT, CETTE ROUTE N'A PAS D'AUTRES ISSUES...
?!
LE VOILÀ, IL S'EST PRIS AU PIÈGE LUI-MÊME !
C'EST FINI GUIGNOL, RENDS-TOI !
JAMAIS DE LA VIE !

QUE DIABLE REGARDES-TU ?
LA SEULE VOIE QUI ME RESTE...
MON ŒIL ! C'EST UNE TOUR AU CAS OÙ TU NE LE SAURAIS PAS !
ET ALORS ?
IL N'Y A PAS D'ISSUE, IDIOT !
CIAFF
AÏE !
JE M'EN INVENTERAI UNE...
OUI, ET LAQUELLE ?
TAIS-TOI, LAISSE-MOI RÉFLÉCHIR !
TOI, RÉFLÉCHIR ?!... ELLE EST BONNE CELLE-LÀ !
CIAFF
AH NON, ÇA SUFFIT LES BAFFES !
JE TE FAIS REMARQUER QU'ON EST PRESQUE AU SOMMET...
MERCI, JE NE M'EN ÉTAIS PAS RENDU COMPTE !
CIAFF
REGARDE EN BAS, IMBÉCILE !
CES TROIS-LÀ NE VONT PAS TARDER À NOUS REJOINDRE !
TU NE POURRAS PAS ALLER PLUS HAUT QUE LE SOMMET...
PLUS HAUT, NON...
ALORS ?
DEVINE UN PEU ?...

TU ES FOUUUUU !
MAIS QUE DIABLE...
?!
AAAAAAA
AAAAAAAAA
CRASH
CE CRÉTIN A PLONGÉ SUR LA MONTAGNE DE TÔLES... IMPOSSIBLE QU'IL SOIT ENCORE VIVANT !
TU VEUX DIRE QUE MÊME LA FILLE DE SMARRO...!?
QU'EST-CE QUE ÇA PEUT FAIRE, TREPPIEDE ?... À PARTIR DE MAINTENANT, ON A DEUX PROBLÈMES EN MOINS...
UN QUI NOUS CONCERNAIT, TOUS LES TROIS...
ET UN QUI CONCERNAIT SMARRO !

SIGH !
ARRÊTE DE PLEURNICHER, SGUISCIO... TON AMI S'EST PEUT-ÊTRE SAUVÉ !
SGNECCA ?
QU'EST-CE QUE TU FAIS ICI, TOI ?
J'AI TOUT VU...
ET ALORS TU DEVRAIS SAVOIR QUE LES GARDES DE SMARRO SONT PARTIS PARCE QU'ILS N'ONT PAS TROUVÉ LES CORPS DE CARRION ET DE LA FILLE !
C'EST JUSTEMENT POUR CELA QUE JE SUIS OPTIMISTE...
ET OÙ SONT-ILS PASSÉS D'APRÈS TOI ?
SUIS-MOI...
?
MAIS, QU'EST-DE QUE TU FAIS ? TU RAMPES SUR LES TÔLES ?
NON... JE CHERCHE LA BONNE POSITION...

VOILÀ ! VIENS ICI, À PRÉSENT, À CÔTÉ DE MOI...
MAIS...
DÉPÊCHE-TOI, BON SANG ! TU VEUX QUE QUELQU'UN NOUS VOIT ?
QU'ON NOUS VOIT FAIRE QUOI ?
CECI !
?!
CLACK
OUAAAAH !
ET TAIS-TOI !
RRRRRR
CLUNK
REGARDEZ UN PEU... UN PASSAGE SECRET !
TRÈS INTÉRESSANT...

PURÉE, SGNECCA ! OÙ SOMMES-NOUS ? QUE PENSES-TU FAIRE MAINTENANT ?
CALME-TOI SGUISCIO ! ON EST DANS LA MONTAGNE DES TÔLES. ON VA ENFIN SAVOIR SI CARRION EST TOUJOURS VIVANT...
MAIS... LA MONTAGNE EST ÉNORME !
IL NOUS FAUDRA DES SEMAINES POUR LE RETROUVER !
SI ON ÉTAIT SEULS, TU AURAIS PROBABLEMENT RAISON...
QUE VEUX-TU DIRE ?
IL VEUT DIRE QU'ICI-BAS IL N'Y A PAS QUE VOUS DEUX !
?!
AU SECOURS ! UN MONSTRE ! UN DÉMON ! PITIÉ, QUE QUELQU'UN VIENNE À MON SECOURS !
REGARDE, TROUILLARD ! CE N'EST PAS UN MONSTRE, C'EST UNE PERSONNE COMME TOI... ENFIN, IL EST NORMAL LUI AU MOINS ! HÉ ! HÉ ! HÉ !
T-U... T'ES QUI... TOI ?
MON NOM EST NERVO. JE VIS ICI AVEC D'AUTRES QUI, COMME MOI, REFUSENT LES RÈGLES DE SMARRO...
MAIS SUIVEZ-MOI, MAINTENANT. ET TOI, JEUNE TROUILLARD, RESTE TRANQUILLE... ICI, TU N'AS RIEN À CRAINDRE ! SUIVEZ-MOI !
JEUNE TROUILLARD ?!... JE M'APPELLE SGUISCIO !

MAUDIT SGNECCA !... COMMENT SE FAIT-IL QUE TU CONNAISSES CES GENS ?
JE NE TE FAIS PAS CONFIANCE... TU N'ES QU'UN PAUVRE FOU, TOUT LE MONDE LE SAIT !
L'IMPORTANT EST QUE TOUT LE MONDE LÀ-DEHORS EN SOIT CONVAINCU !
TU TE MOQUES DE MOI ?
NON, SGUISCIO...
SGNECCA EST L'AMI DES GENS DU SOUS-SOL. IL CONNAÎT DE NOMBREUX SECRETS. DONC, TANT QUE TOUT LE MONDE LE CROIT FOU...
CES SECRETS SERONT BIEN GARDÉS !
DIANTRE, MAIS QU'EST-CE QUI PEUT ÊTRE AUSSI IMPORTANT ICI ?
BAH... NOTRE VILLAGE POUR COMMENCER !
PURÉE !

NERVO, SGNECCA... QUI M'AVEZ-VOUS AMENÉ ?
C'EST UN AMI DU FOU QUI S'EST JETÉ DE LA MONTAGNE DES TÔLES !
?
ALORS TU PEUX ENTRER... TON AMI EST SAUF. LA FILLE AUSSI VA BIEN, MÊME SI...
MÊME SI...?
ILS SONT JUSTE INCONSCIENTS...
CARRION !
JE SAIS COMMENT LE RÉVEILLER...
SNIF
MMMH... DU PARFUM DE CHEWING-GUM...
SGUISCIO ! ESPÈCE D'EMPAFFÉ ! RENDS-MOI MES CHEWING-GUM !
BON RETOUR PARMI LES VIVANTS, JEUNE ASPIRANT SUICIDAIRE !
HEIN ? T'ES QUI TOI ? ET OÙ EST-CE QUE JE SUIS ?

JE VAIS TOUT T'EXPLIQUER MAIS NE T'AGITE PAS. TU AS PRIS UN SALE COUP ET...
OH, REGARDEZ !...
MÊME LA PRINCESSE EST DE NOUVEAU PARMI NOUS !
BONJOUR MADEMOISELLE, FILLE DU «GRAND» SMARRO !
?
JE...
LES YEUX...
OH...
QU'EST-CE QU'IL TE PREND, PÉPÉ ? ÇA VA ?
C'EST RIEN... JUSTE UN VERTIGE !
ALORS, QUELQU'UN VEUT BIEN M'EXPLIQUER CE QU'IL SE PASSE ?
MMMHH...

LES VOILÀ !... LA FILLE EST AVEC EUX ET ELLE EST VIVANTE !
MAIS QUI EST LE VIEUX ??!... MOI, JE NE...
OH...
SUIVEZ-MOI, JE VEUX VOUS MONTRER QUELQUE CHOSE QUI VOUS AIDERA À MIEUX COMPRENDRE...
MMMHH...
FUT UN TEMPS À NABIROO OÙ LA VIE ÉTAIT DIFFÉRENTE. IL N'Y AVAIT PAS DE TYRAN DÉGUISÉ EN BIENFAITEUR COMME SMARRO...
C'EST ÉTRANGE... C'ÉTAIT COMME UN VERTIGE...
LES PRÊTRES, DES HOMMES SAGES, GOUVERNAIENT ALORS. ILS ÉTAIENT DOUÉS D'UN POUVOIR ANCIEN, TRANSMIS DE PÈRE EN FILS.
OÙ DIABLE PEUVENT-ILS BIEN ALLER ? JE NE DOIS PAS LES PERDRE DE VUE !
AU TRAVERS D'UN SACRE RITUEL, CÉLÉBRÉ DANS LE TEMPLE DE DOLMEN, LES PRÊTRES COMMUNIQUAIENT AVEC L'ÉNERGIE DE LA PLANÈTE, UNE FORCE MYSTÉRIEUSE ET PUISSANTE...

L'ÉNERGIE ALIMENTAIT LA VIE SUR NABIROO, ELLE EN RÉGLAIT LES CYCLES DE MANIÈRE HARMONIEUSE.
PUIS, IL ADVINT QUELQUE CHOSE...
LE GRAND CRATÈRE SE REMPLIT D'OBJETS ÉTRANGES VENUS DU CIEL ET LES GENS COMMENCÈRENT À VIVRE DE PLUS EN PLUS EN SYMBIOSE AVEC CES OBJETS...
LES MAISONS FURENT REMPLACÉES PAR D'HORRIBLES BOÎTES EN FER, EN VERRE ET EN PLASTIQUE...
LE TEMPLE DE DOLMEN FUT SUBMERGÉ PAR UNE MONTAGNE D'OBJETS ET DISPARUT POUR TOUJOURS...
L'ÉNERGIE DE NABIROO SE RETROUVA ÉTOUFFÉE SOUS LA VILLE ET ELLE COMMENÇA À S'AFFAIBLIR ET MENACE DE S'ÉTEINDRE DÉSORMAIS...
C'EST AUSSI À CETTE PÉRIODE QUE SMARRO, GRÂCE AU COCAKECOLA, PRIT LE POUVOIR !
EN CES TEMPS-LÀ, C'ÉTAIT MOI LE PRÊTRE DE NABIROO...
LE DERNIER DE LA DYNASTIE DES PRÊTRES !
SMARRO CRAIGNAIT QUE JE NE PUISSE GUIDER UNE RÉVOLTE CONTRE LUI. IL ME CHASSA DE LA VILLE NON SANS AVOIR PRIS MON FILS ET MA FEMME ENCEINTE...
JE NE LES AI PLUS JAMAIS REVUS !

JE ME SUIS CACHÉ ICI, AVEC LES QUELQUES INDIVIDUS QUI S'ÉTAIENT OPPOSÉS À SMARRO.
LE PRIX DE NOTRE LIBERTÉ FÛT CE LONG EXIL SOUTERRAIN !
ON Y EST !
PASSEZ-MOI UNE TORCHE !
?
NERVO A DÉCOUVERT CE PASSAGE SOUTERRAIN IL Y A QUELQUES MOIS SEULEMENT. IL ÉTAIT COMPLÈTEMENT RECOUVERT DE TERRE...
IL GARDAIT UN TRÉSOR QUI AVAIT ÉTÉ EFFACÉE DE LA MÉMOIRE DE NOTRE PEUPLE...
LA PROPHÉTIE DES ANCIENS !
LA LÉGENDE DIT QUE L'ÉNERGIE DE NABIROO LA RÉVÉLA À UN DES PREMIERS PRÊTRES. CELUI-CI LA GRAVA DANS LA PIERRE POUR LES GÉNÉRATIONS FUTURES !
REGARDEZ.. CECI EST NABIROO AU MOMENT OÙ LA PROPHÉTIE FÛT RÉVÉLÉE. UNE PLANÈTE MAGNIFIQUE ET IMMACULÉE.
PUIS, LES HABITANTS D'UNE AUTRE PLANÈTE LA REMPLIRENT DE LEURS DÉCHETS, ALTÉRANT SON ÉQUILIBRE !

C'EST ALORS QU'UN AUTRE ÊTRE VENU DE L'ESPACE ATTERRIT SUR NABIROO...
IL SOUMIT TOUS SES HABITANTS...
?
SMARRO !
J'AI BIEN PEUR QUE OUI ! MAIS CE N'EST PAS FINI...
LA DERNIÈRE GRAVURE EST DIFFÉRENTE DE TOUTES LES AUTRES...
ELLE REPRÉSENTE THUNDERLAND, LE DÉSERT DES ORAGES QUI SE TROUVE À PLUSIEURS JOURNÉES DE MARCHE DE LA VILLE...
AU-DESSUS DE THUNDERLAND A ÉTÉ GRAVÉ CE SYMBOLE INCONNU...
QU'EST-CE QUE ÇA SIGNIFIE ?
JE NE PEUX PAS LE SAVOIR CAR LES AUTRES GRAVURES ONT ÉTÉ EFFACÉES...
MAIS ÇA N'EST SÛREMENT RIEN DE BON POUR NOUS TOUS !
COMMENT FAIS-TU POUR EN ÊTRE SÛR, VIEUX ?
VENEZ AVEC MOI...

LA RÉPONSE À TA QUESTION SE TROUVE PLUS HAUT DANS UN AUTRE LIEU, CARRION...
LE LIEU LE PLUS IMPORTANT DE CES SOUTERRAINS...
LE TEMPLE DE DOLMEN !
!
C'EST ICI QUE LES PRÊTRES ACCOMPLISSAIENT LEURS ANTIQUES RITUELS.
LE PUITS DESCEND, JUSQU'AU CŒUR DE LA PLANÈTE...
CE FILAMENT BLEUTÉ EST CE QU'IL RESTE DE L'ÉNERGIE VITALE DE NABIROO...
HEY, REGARDEZ LÀ-HAUT !
?

C'EST LE MÊME SYMBOLE QUE NOUS AVONS VU GRAVÉ DANS LA ROCHE !
EXACTEMENT CELUI-LÀ, SGUISCIO ! IL S'EST FORMÉ IL Y A SEULEMENT QUELQUES HEURES DE CELA...
C'EST POUR CELA QUE JE SUIS CONVAINCU QU'IL EST EN TRAIN DE SE PASSER QUELQUE CHOSE !
L'ÉNERGIE EST EN TRAIN DE COMMUNIQUER AVEC NOUS. ELLE NOUS INDIQUE QU'À THUNDERLAND SE TROUVE LA CLEF DE LA PROPHÉTIE ! LA PREMIÈRE CHOSE À FAIRE EST D'ALLER LÀ-BAS !
NON, VIEUX !
SI TOUT CELA EST VRAI, LA PREMIÈRE CHOSE À FAIRE EST DE LIBÉRER NABIROO DE L'EMPRISE DE SMARRO ! MAIS ÇA NE ME CONCERNE PAS !
?
MES CHEWING-GUM, SGUISCIO !... IL FAUT QUE JE MÂCHE !
EHM...
JE LES AI OUBLIÉS DANS LA CABANE DU VIEUX !
MMM...
PAUVRE IDIOT !
CIAFF
AÏE !
ÇA SUFFIT, CARRION ! POUR UNE FOIS, FAIS QUELQUE CHOSE D'UTILE ET ÉCOUTE-MOI ! TON ARRIVÉE ICI N'EST PAS DUE AU HASARD !
L'ÉNERGIE DE NABIROO T'A CONDUIT ICI ET ELLE T'A SAUVÉ LA VIE, QUAND TU T'ES JETÉ DU HAUT DE LA TOUR !...
CE SYMBOLE LÀ-HAUT EST UN MESSAGE POUR VOUS TOUS !
ET QUEL EST LE CONTENU DU MESSAGE ?

VOUS DEVEZ ALLER À THUNDERLAND, POUR DÉCOUVRIR CE QU'IL SE PASSE !
J'IRAI AVEC EUX !
PARDON ?
TU AS TRÈS BIEN COMPRIS !
TU ES SÛRE ?
TU VOIS, VIEUX... DANS MA VIE, J'AI TOUJOURS FAIT SEMBLANT DE NE PAS VOIR. MAIS APRÈS TES PAROLES, JE NE PEUX PLUS RESTER INDIFFÉRENTE !
SMARRO EST UN MONSTRE ET MÊME SI JE SUIS UNE EXTRA-TERRESTRE COMME LUI ET MÊME SI JE SUIS SA FILLE... JE FERAI CE QUI DOIT ÊTRE FAIT !
D'ACCORD...
!
?
METTEZ-VOUS TOUS AUTOUR DU PUITS ET PRENEZ-VOUS PAR LA MAIN !
QUE COMPTES-TU FAIRE, VIEUX ?
SI J'ÉTAIS PLUS JEUNE, JE TENTERAIS DE RÉVEILLER L'ÉNERGIE GRÂCE À L'ANTIQUE RITUEL. MAIS JE SUIS AUJOURD'HUI TROP FAIBLE POUR RÉUSSIR SEUL...
TOUTEFOIS, JE PEUX ENCORE FAIRE UNE CHOSE...
?

?
SSSSHHHH
SSSSHHHH
SSSSHHHH
SSSSHHHH
HEY !... JE VAIS BIEN ! MIEUX QU'AVANT, MÊME !
MOI AUSSI ! J'AI L'IMPRESSION D'ÊTRE PLUS... LUCIDE !
QUE S'EST-IL PASSÉ, VIEUX ?
VOUS AVEZ RESPIRÉ UN SOUFFLE DE L'ÉNERGIE DE NABIROO...
VOS ESPRITS ET VOS CORPS ONT ÉTÉ PURIFIÉS DES EFFETS DE LA COCAKECOLA ! MAINTENANT, VOUS POUVEZ VOUS METTRE EN MARCHE VERS VOTRE OBJECTIF...

THUNDERLAND !
WOOOOSSSSHHH
LE DÉSERT DES ORAGES...
CRACK
UNE IMMENSE PLAINE INHOSPITALIÈRE ET RICHE EN TERRIBLES PIÈGES...
C'EST PEUT-ÊTRE POUR ÇA QUE PERSONNE N'OSE Y VIVRE...?
C'EST PEUT-ÊTRE POUR ÇA QUE PERSONNE N'OSE MARCHER SOUS SON CIEL DE NUAGES NOIRS !?